AF358995

TRAITÉ
Élémentaire
D'HARMONIE,

Ouvrage composé pour les Jeunes Personnes,
dans lequel on démontre la relation Parenté qui existe entre les accords et entre les
Gammes ce qui abrège et facilite l'étude de l'Harmonie.

DÉDIÉ

à Monsieur le Chevalier Peruzzi,

Chambellan de S.A.R. et I. le grand Duc de Toscane
et son chargé d'affaires près la cour de France.

PAR

T. LATOUR,

Professeur d'Harmonie
et ci-devant Pianiste de feu sa Majesté Britannique
George IV.

Propriété de l'auteur.   Prix : 15 fr.

PARIS, chez l'AUTEUR, 85, Rue de la Pépinière
Chez PHILIPP et Cie, Éditeurs de Musique, Boulevard des Italiens N° 10
et chez les Principaux Md. de Musique.

ÉTUDE DE L'HARMONIE.

La connaissance de l'Harmonie ne demande ni beaucoup de tems ni beaucoup d'application, pourvu que les règles que l'on donne à étudier soient très brèves et lucides.

Si la plupart des Jeunes personnes déjà très fortes sur le Piano, négligent cette étude, la faute en est peut-être à la composition des ouvrages volumineux qu'on leur présente, comme devant être sus par cœur; ce qui leur fait croire que cette branche de la science musicale est hérissée de difficultés. C'est pour les tirer de cette erreur que ce petit Traité a été composé.

Lorsqu'on sait l'Harmonie, la lecture de la Musique devient plus facile, surtout lorsqu'il s'y trouve une succession d'accords qui souvent embarasse ceux même qui sont doués d'une aptitude à lire facilement.

Cette connaissance donne en outre à l'élève, la faculté de comprendre et d'apprécier plus complètement le style et les beautés de différentes compositions, ainsi que d'admirer les ressources innombrables de l'Harmonie, elle indique et facilite l'accentuation musicale et fait appercevoir les fautes que commettent les Graveurs et les Copistes, fautes que grace à cette connaissance, on peut corriger immédiatement. L'exécutant qui joue machinalement les notes écrites, sera toujours privé de tous ces avantages.

La présente Méthode n'est point un abrégé, elle explique avec clarté tout ce qui a rapport à l'Harmonie, et particulièrement de la relation (Parenté) qui existe entre les accords et entre les gammes. (1)

En parcourant avec discernement les règles et les instructions qu'elle contient, l'Élève se sera bientôt convaincu que les difficultés que semble offrir cette étude, ne sont qu'imaginaires, et qu'une connaissance utile et scientifique sera la prompte récompense des moments qu'il y aura consacrés.

---

(1) En 1826 L'auteur étant à Londres, a publié un petit ouvrage en Anglais sur la Basse, écrit pour les Jeunes Dames, dans lequel la relation (Parenté) des accords a été mentionnée.

DE L'ECHELLE OU GAMME DIATONIQUE

L'échelle ou Gamme diatonique est composée de deux Tétracordes (A), un troisième Tétracorde ajouté une quinte en dessous de la Tonique (B), forme la Gamme de la Sous-dominante (C), et un quatrième Tétracorde ajouté une quinte en dessus de l'Echelle diatonique, forme la Gamme de la Dominante (D), de manière que quatre Tétracordes forment trois Gammes.

GAMME DIATONIQUE

(A) Un Tétracorde est composé de quatre notes suivantes comme, UT, RÉ, MI, FA, (ou) SOL, LA, SI, UT, (1)

(B) La Tonique est la première note du TON.

(C) La Sous-dominante, (2) est la quatrième note en comptant de la Tonique..............................

(D) La Dominante est la note qui fait la quinte au-dessus de la Tonique..............................

La Tonique et la Dominante ont un accord particulier qui leur est propre, au lieu que la Médiante (3) n'en a point, elle fait seulement partie de celui de la Tonique.

(1) Tétracorde, ancienne Lyre à quatre cordes.

(2) On se sert souvent du mot SOUS-DOMINANTE pour désigner la quatrième note du Ton.

(3) La Médiante est la note qui fait le troisième degré de la gamme; cette note divise en deux tierces, d'une majeure l'autre mineure; l'intervalle de la quinte, qui se trouve entre la Tonique et la Dominante.

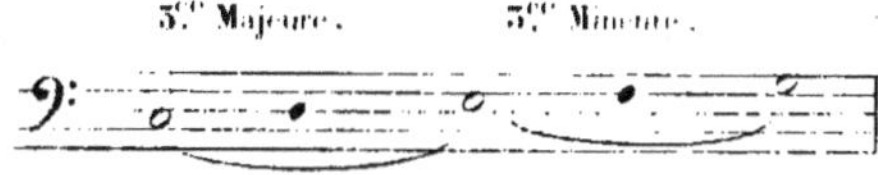

DES INTERVALLES.

Un Intervalle est la distance d'un son à un autre entre le grave et l'aigu, l'intervalle le plus rapproché est d'un demi-ton, toutes les touches d'un Piano-Forte (Blanches ou Noires) ont un demi-ton d'intervalle de l'une à l'autre.

Les demi-tons peuvent être majeurs ou mineurs, ils sont mineurs quand ils ne changent pas de noms et de place (SUR ou ENTRE les lignes d'une portée de musique,) ils sont majeurs, quand ils changent de noms et de place.

EXEMPLE.

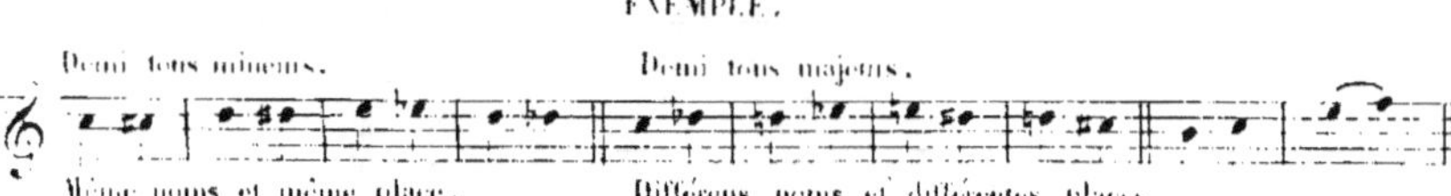

TABLE DES INTERVALLES.

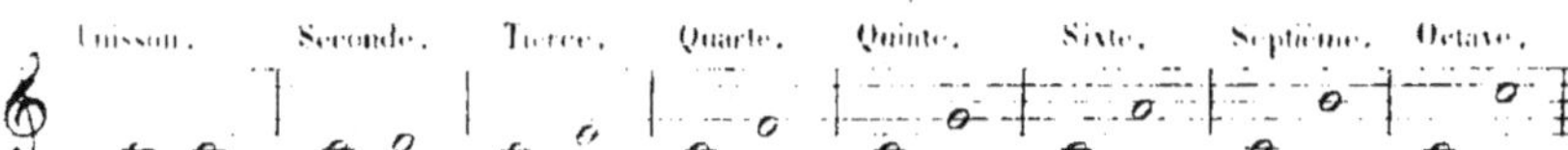

Les Intervalles peuvent être parfaits ou imparfaits, majeurs, mineurs, diminués ou augmentés.

EXEMPLE.

Un intervalle est augmenté quand il a un demi-ton de plus, il est diminué, quand il a un demi-ton de moins.

EXEMPLE. 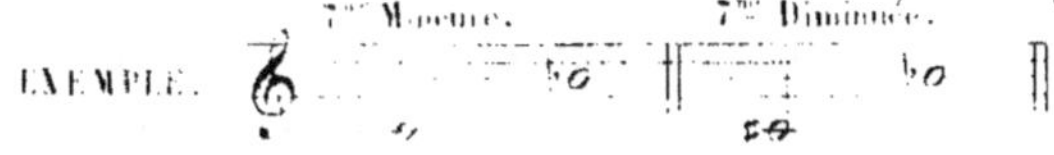

---

(1) B... des Auteurs modernes, qui n'admettent point les demi-tons majeurs et mineurs, parceque sur le Piano UT# et RÉ♭ se font avec la même touche, ainsi que RE# et UT♭ &.&. Mais UT et UT# ne font pas l'intervalle de 2de comme UT et RÉ♭. Et UT# et RÉ♭ ne font pas une 3e mineure comme UT et RÉ...

Beaucoup de Professeurs de Violon et de Violoncelle font le contraire, ils jouent le demi-ton mi...

DES INTERVALLES COMPOSÉS.

Les Intervalles sont composés, quand ils excèdent l'étendue de l'octave, tels que la 9me 10me 11me 12me &&. On ne se sert plus que de la 9me et 11me, les autres sont considérés comme répétion de la 3ce, 4te, 5te, & placé une octave en dessus.

EXEMPLE.

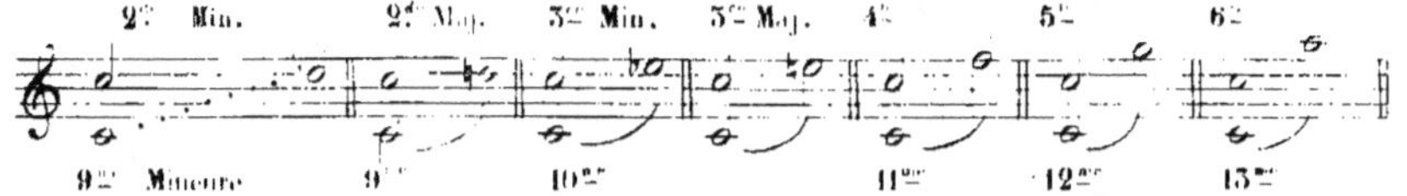

DES INTERVALLES RENVERSÉS.

Un Intervalle est renversé, en mettant la note supérieure une octave plus bas, ou la note inférieure une octave plus haut.

EXEMPLE.

DES TONS ET DES MODES.

On entend par le mot TON, la première note de l'échelle ou Gamme diatonique, cette première note en est la principale, on l'appelle TONIQUE.

Il y a deux modes, le mode majeur et le mode mineur, c'est la troisième note en montant de la Tonique qui constitue le mode, si cette troisiè-

---

neur (en montant) plus haut que le demi-ton majeur, et en descendant ils le poussent plus bas, ils donnent pour raison, que l'ut♯ montant sur ut, doit être plus haut que le ut bémol, et que le ut bémol descendant sur ut, doit être plus bas que l'ut ♯ !! les artistes qui ont adopté ce barre, doivent s'appercevoir qu'ils ne sont point parfaitement d'accord avec le Piano, ni avec tous les instrumens à vent.

ue note (ou tierce de la Tonique) est composée de quatre demi-tons d'intervalles, le TON est dans le Mode majeur, et si cette tierce n'est composée que de trois demi-tons, le TON est dans le Mode mineur.

EXEMPLE.

L'Echelle ou Gamme diatonique, se divise en douze demi-tons, et chaque
demi-ton pouvant être pris pour la première note d'un Ton majeur ou mineur,
il y a donc 24 tons 12 majeurs et 12 mineurs.

EXEMPLE

DE L'ACCORD PARFAIT.

L'Accord parfait, est composé de Tierce Quinte et Octave, les intervalles
se comptent d'après la note de Basse.

EXEMPLE

(1) Les Tons de FA♯ et UT♯ sont joués sur les mêmes touches d'un Piano, que les Tons de sol
bémol et ré bémol, mais quand ils sont écrits dans ces deux tons, ils ont 6 et 7 dièses à la
clef.

L'Accord parfait, est composé de trois notes, il a trois positions et deux renversemens.

L'Accord parfait dans ses trois positions doit être joué souvent dans les Ton les plus usités, afin d'habituer la main à ces différentes positions, en observant de toucher toutes les notes bien ensemble.

TONS MAJEURS.

TONS MINEURS.

DE L'ACCOMPAGNEMENT DE LA GAMME DIATONIQUE.

Il est absolument nécessaire que l'élève sache (par cœur) les degrés sur lesquels se font les différens accords, ainsi que les intervalles qui les composent, comme il est expliqué dans l'exemple suivant, qui est l'ancienne règle d'Octave employée ici pour éviter les fautes que les élèves pourraient commettre dans les différents accords de Sixtes, soit en les employant l'un pour l'autre ou en les plaçant sur les degrés qui ne portent pas ces accords.

Par cette règle, chaque accord de sixte à un nom particulier comme, petite Sixte, Sixte simple, Grande Sixte &.

Cette règle explique aussi les intervalles qui composent les accords, et les degrés de l'échelle sur lesquels ils se font.

EXEMPLE.

En montant sur le premier degré on fait l'accord parfait. Il se désigne

il est composé de _______________________ 3.ce 5.te 8.ve   par _ 3 (1

Sur le 2.me degré l'accord de petite 6.te maj ___ 3.ce 4.te 6.te _______ 8

Sur le 3.me degré l'accord de 6.te simple ___ 3.ce 6.te 8.ve _____ 6

Sur le 4.me degré l'accord de Grande 6.te ___ 3.ce 5.te 6.te ____ 6 / 5

Sur le 5.me degré l'accord parfait ___________ 3.ce 5.te 8.ve ___ 3

Sur le 6.me degré l'accord de 6.te 3.ce 6.te ou   6.te 3.ce 6.te
3.ce 6.te 3.ce on l'appelle aussi accord doublé ^{ou} 3.ce 6.te 3.ce ___ 6 / 3

Sur le 7.me l'accord de fausse quinte _(2)_ 3.ce 5.te 6.te _____ 8

Sur le 8.me l'accord parfait ___________ 3.ce 5.te 8.ve ___ 3

EXEMPLE.

(1) Quelques auteurs marquent l'accord parfait par un 5 ou par un 8 d'autres ne le marquent pas...

(2) On appelle cet accord fausse quinte, parcequ'il a un demi ton de moins d'intervalle que la quinte... on l'appelle aussi accord sensible parcequ'il se fait sur le 7.e degré du Ton qui est la note sensible... accord de Sixte simple on ote quelquefois la note ut qui fait octave avec la basse, pour doubler la 3.e ou la 6.e

N.B. observez que l'accord parfait se fait toujours sur le premier, cinquième et huitième degré... et en descendant, et le 3.e 2.e et premier degré en descendant, ont les mêmes accords qu'en montant.

EN DESCENDANT.   Il se désigne

Sur le 8me degré l'accord parfait composé de 3^{ce} 5te 8^{ve} par   3

Sur le 7me ———— l'accord de 6te 3^{ce} 6te —ou— ⎰ 6te 3^{ce} 6te ——— 6

3^{ce} 6te 3^{ce} ———————————————————— ⎱ 3^{ce} 6te 3^{ce} ——— 3

Sur le 6me ———— l'accord de petite 6te majeure 3^{ce} 4te 6te♯ ——— 6 ♯

Sur le 5me ———— l'accord parfait ———— 3^{ce} 5te 8^{ve} ——— 3

Sur le 4me ———— l'accord de Triton (I)—— 2de 4te+6te ——— 4 +

Sur le 3me ———— l'accord de 6te simple———— 3^{ce} 6te 8^{ve} ——— 6

Sur le 2me ———— l'accord de petite sixte———— 3^{ce} 4te 6te ——— 6

Sur le 1er ———— l'accord parfait———————— 3^{ce} 5te 8^{ve} ——— 3

EXEMPLE

DE LA GAMME MINEURE.

L'Accompagnement de la gamme mineure est à peu près le même que dans le mode majeur, excepté que sur le premier et huitième degré, l'accord parfait porte la tierce mineure, mais sur la 5me degré en montant et en descendant, la tierce de l'accord parfait est majeure.

Le 6me et 7me degré en montant sont comme dans le mode majeur, en descendant ces deux degrés sont mineurs, le 6me porte l'accord de petite sixte augmentée au lieu de la 6te majeure, afin d'éviter de faire deux quintes de suite.

Voyez page : **22** (REMARQUE)

(I) L'accord de Triton est ainsi nommé parcequ'il est composé de trois Tons, et aussi pour le distinguer de l'accord de quarte augmentée, cet accord se fait toujours sur le quatrième degré de l'Echelle en descendant, dans le mode majeur et mineur.

ACCOMPAGNEMENT DE LA GAMME MINEURE.

EN MONTANT · Il se désigne

Sur le 1er degré	l'accord parfait composé de ____ 3ce 5te 8ve	par 3
Sur le 2me ____	l'accord de petite 6te majeure ____ 3ce 4te 6te ♯	6 ♯
Sur le 3me ____	l'accord de sixte simple ____ 3ce 6te 8ve	6
Sur le 4me ____	l'accord de grande sixte ____ 3ce 5te 6te	6/5
Sur le 5me ____	l'accord parfait 3ce majeure ____ 3ce♯ 5te 8ve	3 ♯
Sur le 6me ____ l'accord de 6te 3ce 6te ou	{ 6te 3ce 6te	3
3ce 6te 3ce ____	{ 3ce 6te 3ce	6
Sur le 7me ____	l'accord de fausse quinte ____ 3ce 5te 6te	5̶
Sur le 8me ____	l'accord parfait ____ 3ce 5te 8ve	3

EXEMPLE.

1er Degré 2me 3me 4me 5me 6me 7me 8me

EN DESCENDANT

Sur le 8me degré	l'accord parfait ____ 3ce 5te 8ve	3
Sur le 7me ____ l'accord de 6te 3ce 6te ou	{ 6te 3ce 6te	6
3ce 6te 3ce ____	{ 3ce 6te 3ce	5
Sur le 6me ____	l'accord de petite 6te augmentée 3ce 4te 6te +	6 +
Sur le 5me ____	l'accord parfait ____ 3ce♯ 5te 8ve	3 ♯
Sur le 4me ____	l'accord de Triton (1) ____ 2de 4te + 6te	4 +
Sur le 3me ____	l'accord de 6te simple ____ 3ce 6te 8ve	6
Sur le 2me ____	l'accord de petite 6te majeure 3ce 4te 6te ♯	6 ♯
Sur le 1er ____	l'accord parfait ____ 3ce 5te 8ve	3

EXEMPLE.

8me Degré 7me 6me 5me 4me 3me 2me 1er

(1) Dans l'accord de Triton mode mineur, on emploie souvent la tierce mineure au lieu de la 2de alors il se désigne par $\frac{6}{4}+$ ou $\frac{4+}{3}$

EXEMPLES

D'Accompagnemens de la gamme majeure et mineure dans les trois position et dans tous les tons.

(N. B.) Il faut éviter de changer de position, c'est à dire qu'il ne faut pas mêler la première position avec la 2de ni la seconde avec la troisième.

En UT Maj.

En LA Min.

Quand l'Élève saura parfaitement les deux Gammes précédentes, il pourra les varier (ainsi que les suivantes) de la manière ci-dessous indiquée

de même dans les Tons mineurs, en observant de ne point ajouter des notes étrangères aux accords.

SOL. Maj.
MI Min.
RÉ Maj.
SI Min.

LA Maj.
FA Min.
MI Maj.
UT# Min.

SI Maj.
SOL ♯ Mineur n'est point usité.
FA♯ Maj.
RÉ♯ Min. n'est point usité, il s'écrit et se joue en MI♭ Min.
UT♯ Maj.
LA ♯ Min. n'est point usité, il s'écrit et se joue en SI♭ Min.
FA♮ Maj.

RÉ Min.
SI♭ Maj.
SOL Min.
MI♭ Maj.

UT Min.
LA Maj.
FA Min.
RÉ ♭ Maj.

SI ♭ : Min.

SOL ♭ Min. n'est point usité MI ♭ : Min. Il s'écrit et se joue en FA ♯ Min.

DE L' ACCORD DE 7me

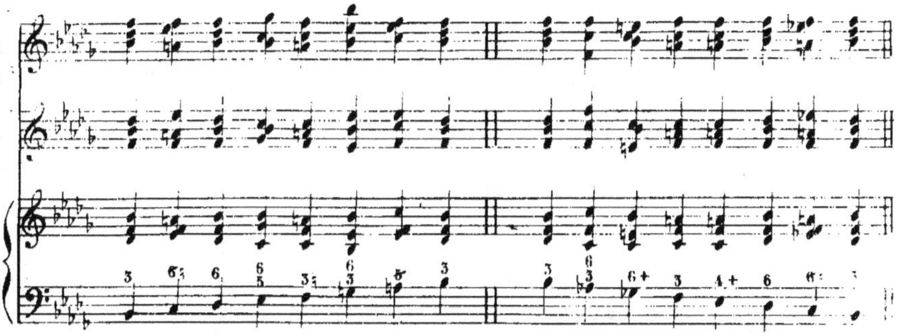

Il y a plusieurs accords de 7mes, le plus usité est l'accord de la 7me dominante, (ainsi appelé) parcequ'il se fait toujours sur la 5me note du ton qui est la Dominante, il est composé de 3^{ce} 5te 7me et 8^{ve}, cet accord ayant quatre sons, il a quatre positions et trois renversemens.

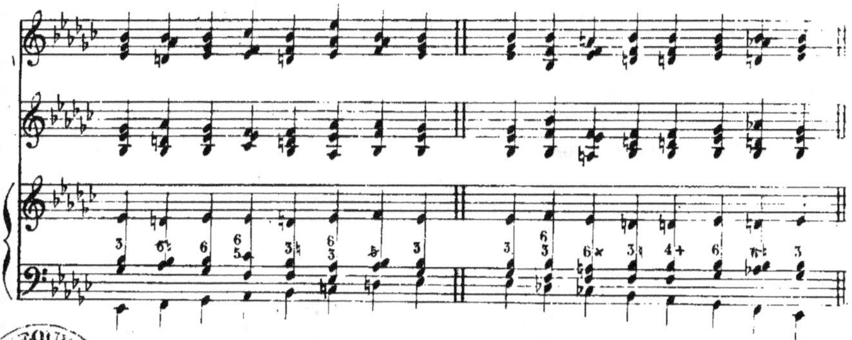

EXEMPLE.

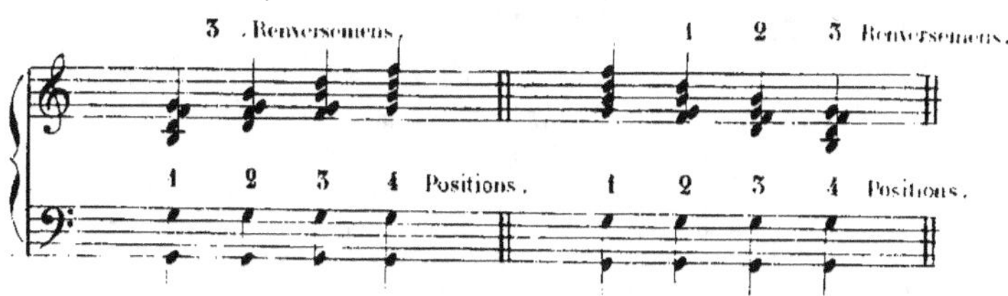

La résolution de l'accord de 7me dominante est toujours par l'accord parfait de la 5te en dessous, la note qui fait l'intervalle de 7me doit descendre d'un demi-ton dans le mode majeur, et d'un ton dans le mode mineur.

EXEMPLE.

La tierce est toujours majeure dans l'accord de 7me dominante dans le mode majeur et mineur.

EXEMPLE.

Les Accords dérivés de la 7me dominante sont la fausse quinte, la petite Sixte majeure et le triton.

EXEMPLE.

Les autres accords de 7mes sont la 7me majeure, la 7me mineure et la 7me diminuée

La 7ᵐᵉ majeure est composée de 3ᶜᵉ maj: 5ᵗᵉ parfaite 7ᵐᵉ et 8ᵛᵉ cet accord se fait sur le 4ᵐᵉ degré.

EXEMPLE.

La 7ᵐᵉ mineure est composée de 3ᶜᵉ min: 5ᵗᵉ juste et 7ᵐᵉ mineure. Cet ac‑cord se fait sur le 2ᵈ degré.

EXEMPLE.

Les accords dérivés de la 7ᵐᵉ mineure sont, la grande sixte, la petite sixte mineure et l'accord de 2ᵈᵉ

EXEMPLE.

---

*(1) Quand la basse monte du 1ᵉʳ degré au 2ᵈ la quinte doit être supprimée, et quand elle descend du 3ᵐᵉ degré au 2ᵈ, on supprime l'octave, pour éviter de faire des 5ᵗᵉˢ et 8ᵛᵉˢ de suite.

DE LA 7ᵐᵉ DIMINUÉE.

L'accord de 7ᵐᵉ diminuée est composé de 3ᶜᵉ min: fausse quinte et 7ᵐᵉ diminuée. cet accord est toujours placé sur le 7ᵐᵉ degré des tons mineurs, auxquels il appartient exclusivement mais plusieurs compositeurs moderne l'emploient (par licence) dans les tons majeurs

EXEMPLE

Les Accords dérivés de la 7ᵐᵉ diminuée sont la 6ᵗᵉ majeure et la fausse quinte, le triton avec 3ᶜᵉ mineure et la 2ᵈᵉ augmentée.

EXEMPLE

DE L'ACCORD DE SECONDE.

L'accord de 2ᵈᵉ est composé de 2ᵈᵉ 4ᵗᵉ et 6ᵗᵉ, cet accord est généralement préparé par l'accord parfait et se résout par la basse qui descend d'un degré. Il se fait sur le premier degré de l'échelle.

DE LA 2.ᵈᵉ AUGMENTÉE.

L'accord de 2ᵈᵉ augmentée, est composé de la 2ᵈᵉ du Triton et de la sixte majeure, il se fait sur le 6ᵐᵉ degré des tons mineurs.

EXEMPLE.

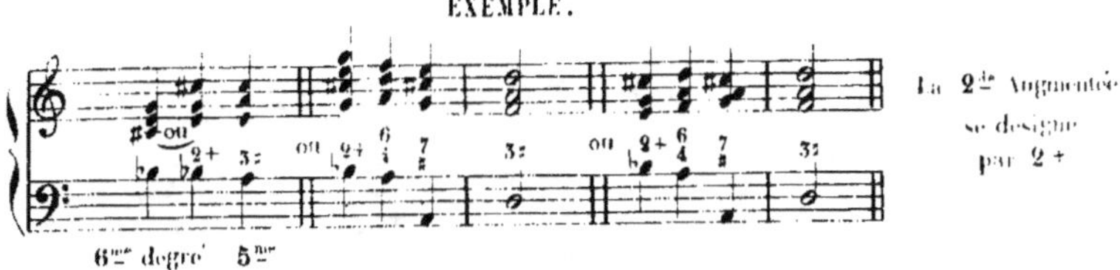

DES ACCORDS DE SUSPENSION

Les Accords de suspensions sont l'accord de 4ᵗᵉ et 5ᵗᵉ, l'accord de neuvième et l'accord de onzième.

Un accord est appelé de suspension, quand une ou plusieurs notes d'un accord sont retenues dans celui qui suit.

DE L'ACCORD DE 4.ᵗᵉ ET 5.ᵗᵉ.

L'accord de 4ᵗᵉ et 5ᵗᵉ est composé de 4ᵗᵉ 5ᵗᵉ et 8ᵛᵉ il se fait sur le 5ᵐᵉ degré

EXEMPLE.

DE L'ACCORD DE NEUVIÈME.

L'accord de neuvième est composé de 3ᶜᵉ 5ᵗᵉ 7ᵐᵉ et 9ᵐᵉ il se fait sur le 5ᵐᵉ degré et sur la tonique.

EXEMPLE.

DE L'ACCORD DE ONZIÈME.

Toutes les notes de l'accord de onzième doivent être préparées et résolues, cet accord se fait sur la tonique, il est composé de 5te 7me 9me et 11me (1)

(1) Il y a des auteurs qui nomment cet accord, 7me 4te et 2e d'autres l'appellent accord de 7me superflue (augmentée) au reste cet accord n'est que la 7me Dominante placée sur le 1er degré.

DE L'ACCORD DE SIXTE AUGMENTÉE.

L'accord de sixte augmentée est composé de 3ce 4te et 6te augmentée, il se fait sur le 6me degré de la gamme mineure, il se résout par l'accord parfait majeur sur la dominante.

REMARQUE.

En écrivant ou en jouant les accords, il faut éviter scrupuleusement d'écrire ou de jouer des intervalles qui forment des quintes et des octaves consécutives. Il n'est pas permis que ces intervalles se succèdent en harmonie, à cause du mauvais effet qu'ils produisent; quoique parfaits qu'ils soient SEULS, l'oreille la moins délicate ne peut les souffrir successivement, il faut donc éviter de les faire entendre diatoniquement ou par sauts.

L.' EXEMPLE PRÉCÉDENT CORRIGÉ

par le mouvement contraire et le mouvement oblique [1]

DES CADENCES.

Il y a plusieurs sortes de cadences savoir, la cadence simple, la demie cadence, la cadence plagale, la cadence Italienne et la cadence interrompue.

La cadence simple consiste dans l'harmonie de la sous-dominante de la dominante et de la tonique.

Cadence simple.

LA DEMIE CADENCE.

La demie Cadence se fait en terminant le passage sur l'harmonie de la dominante précédé par l'accord de la tonique.

---

(1) Le mouvement contraire est quand la basse descend et les accords montent ou vice versa.

Le mouvement oblique est quand les accords montent ou descendent et la basse reste en place.

DE LA CADENCE PLAGALE.

La Cadence Plagale se fait quand l'harmonie de la Tonique est précédé par l'accord de la sous dominante.

EXEMPLE.

DE LA CADENCE ITALIENNE.

La Cadence Italienne n'est qu'une cadence simple répetée par des renversemens et par quelques changemens selon l'idée des auteurs. On l'appelle cadence Italienne, parceque la plus grande partie des airs d'Opéras, Duos, Trios & & se terminent par cette cadence.

EXEMPLE.

Quoique toutes les Cadences finissent par l'accord de 7me dominante et l'accord parfait, on peut les varier de différentes manières.

EXEMPLE.

DE LA CADENCE INTERROMPUE.

La Cadence interrompue se fait par la résolution de l'accord de 7me dominante qui au lieu de descendre sur la tonique, la basse monte d'un demi-ton ou d'un ton

EXEMPLE.

DES SÉQUENCES.

On entend par séquences une succession d'accords de la même espèce qui ont la même progression régulière avec la basse. La plus grande partie des séquences sont de deux notes seulement dans la partie supérieure

EXEMPLE.

En suspendant les notes supérieures l'on produit alternativement des séquences de 5tes et 6tes en montant, et des séquences de 7mes et 6tes en descendant.

EXEMPLE.

La même mélodie en descendant, la basse montant de quarte et descendant de quinte alternativement.

Autre Exemple de séquences de 7.me et 6.te sur la gamme en montant et en descendant.

SÉQUENCES DE SEPTIÈMES.

La basse montant de quarte et descendant de quintes, dans le mode majeur et mineur.

Mode Maj.   Mode Min.

L'élève doit écrire l'exemple précédent dans les quatre positions, et le suivant dans trois.

Séquences de l'accord de 7.me diminuée et ses renversemens qui donnent l'échelle chromatique, en observant que tous les intervalles des accords descendent aussi chromatiquement.

Il y a d'autres séquences telles que $\frac{6}{5}$, $\frac{6}{4}$, $\frac{4}{3}$, $\frac{5}{3}$, mais elles sont très peu usitées.

DE LA MODULATION.

On entend par modulation le changement d'un ton à un autre, par la relation (PARENTÉ) qui se trouve entre le ton quitté et le ton nouveau. Pour bien moduler, il faut parfaitement connaître tous les accords des gammes majeures et mineures, ainsi que tous les accords ci-devant spécifiés.

MODULATIONS PAR TONS RELATIFS MINEURS ET MAJEURS(1)

La basse descendant de TIERCE MINEURE et MAJEURE alternativement.

Observant qu'il y a une double RELATION entre chaque accord, en ce que DEUX NOTES sont retenues d'un accord à un autre. C'est l'intervalle de la quinte qui se change en octave sur la note de basse suivante qui donne ces modulations.

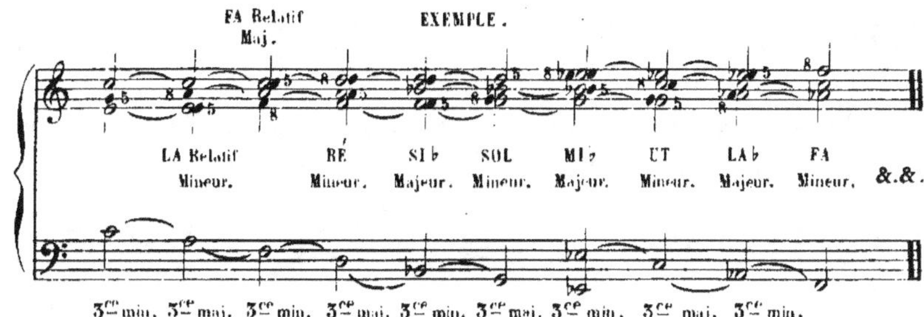

Ces modulations (par relations) existent aussi en sens inverse, en faisant MONTER la basse d'une 3ce majeure et mineure alternativement et en changeant L'OCTAVE en QUINTE sur la note de basse suivante, au lieu de la quinte en octave, comme dans l'exemple précédent.

Tous les auteurs qui ont écrit sur l'harmonie se sont peu étendus sur les tons relatifs, ne les ayant considérés comme tels, que parcequ'ils ont le même nombre de dièses et de bémols à la clef, sans faire mention de la relation (PARENTÉ) qui existe dans leurs accords, relation qui dans ce sens, peut s'étendre bien loin, car outre les relations qu'il y a d'un accord à un autre, toute gamme quelconque, renferme la moitié de deux autres gammes.

---

(1) L'auteur dit, relatifs mineurs et majeurs, parceque le ton majeur ayant un TON relatif mineur, placé une 3ce mineure en dessous, le TON mineur à aussi son ton relatif majeur, placé une 3ce majeure en dessus alternativement, comme il est démontré dans les deux exemples précédens.

Autre relation de l'accord parfait à l'accord de fausse quinte en changeant l'intervalle qui fait octave en sixte, sur la gamme chromatique en montant.

Relations de différens accords, sur la Basse chromatique en descendant, sans l'accord de fausse quinte.

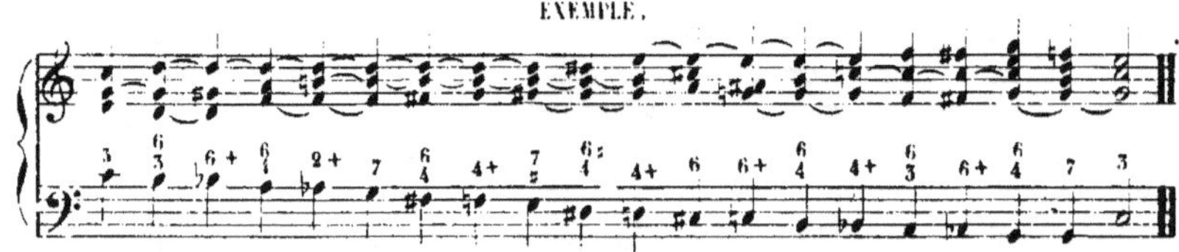

Autres relations par la 7me mineure, la 7me diminuée et la sixte augmentée

MODULATIONS PAR L'ACCORD DE TRITON.

Il y a une triple relation ✱ de l'accord parfait à l'accord de Triton. Et en considérant la tonique comme dominante de la quinte en dessous, on peut moduler dans tous les tons majeures par l'accord de triton.

N.B. On peut faire toutes ces modulations sans arrêter sur les blanches.

* Dans les tons mineurs le Triton est souvent accompagné de la tierce mineure, au lieu de la seconde.

EXEMPLE.

MODULATIONS PAR L'ACCORD DE FAUSSE QUINTE.

EXEMPLE.

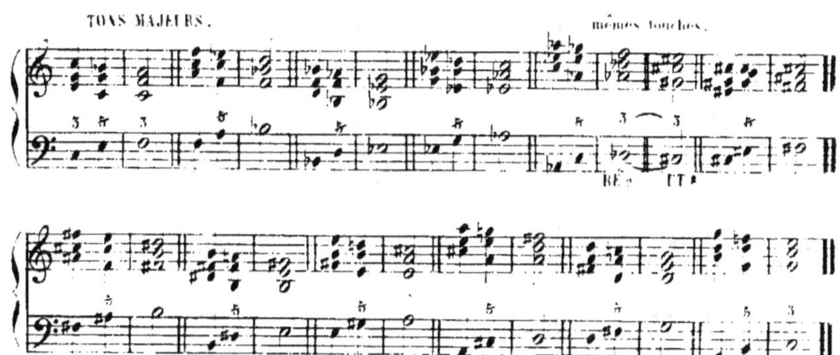

TONS MINEURS. mêmes touches.

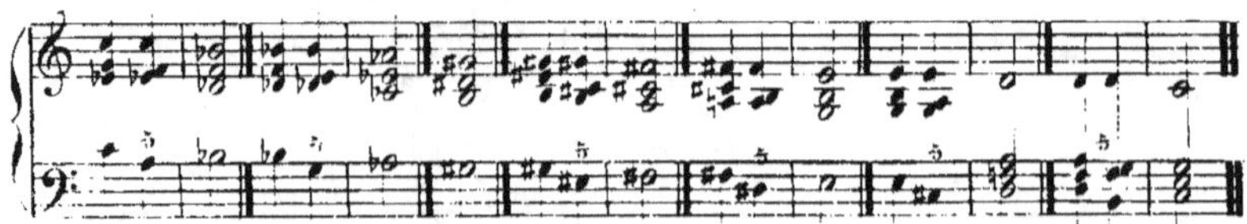

Les trois exemples suivans démontrent qu'en faisant descendre la basse d'une tierce mineure et majeure alternativement on peut moduler dans **24** tons. Douze majeurs et douze mineurs, avec un accord intermédiaire tel que la fausse quinte, ou la petite sixte majeure, ou plus directement sans l'accord intermédiaire, les accords parfaits majeurs et mineurs relatifs ayant une double relation (Parenté.)

EXEMPLE de **24** modulations majeures et mineures alternativement, avec la fausse quinte.

Observez que dans les doubles accolades, les accords bémolisés correspondent avec les accords dièses qui sont écrit en dessous.

Les accords bémolisés et dièsés se jouent sur les mêmes touches d'un piano-forte.

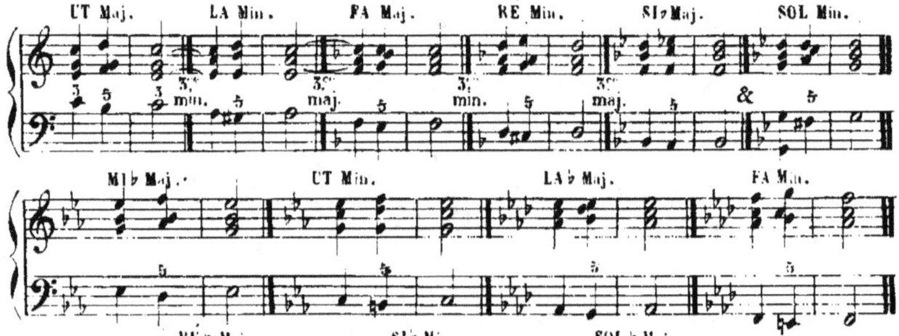

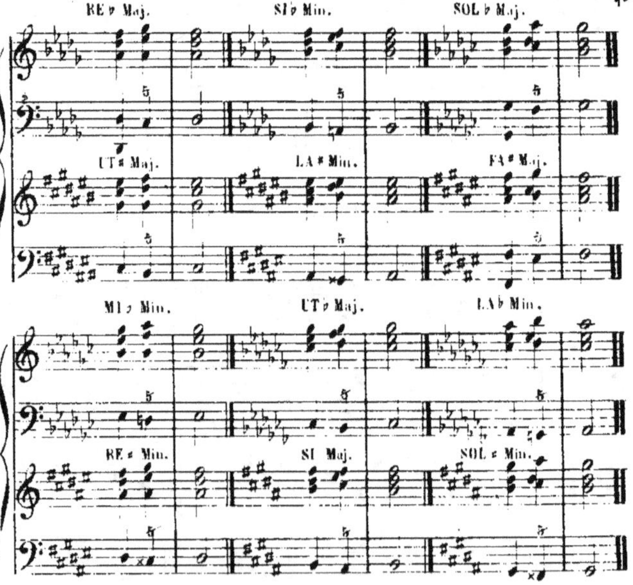

Autre Exemple par la relation immédiate suivie de la fausse 5.

N. B. La relation immédiate est marquée par ✿ c'est la quinte qui se change en 6.

Explication de la relation immédiate.

Même modulation immédiate sans l'accord de fausse quinte, la note sensible
si qui est le 7.ᵐᵉ degré de la gamme, étant considéré comme note passante. (1)

(1) Ou plus simplement en ne touchant que la note placée sous chaque triolet.

Quand on module par les tons relatifs majeurs et mineurs, on peut s'arrêter ou l'on veut et revenir dans le ton primitif ou ailleurs.

MODULATIONS PAR L'ACCORD DE 7ᵐᵉ DOMINANTE.

L'accord de 7ᵐᵉ dominante étant toujours placé sur le 5ᵐᵉ degré et se résol-
vant par l'accord parfait de la tonique, cette tonique peut être prise à volonté
comme 5ᵐᵉ degré de la quinte en dessous et y faire l'accord de 7ᵐᵉ dominante. Ainsi donc toute note *TONIQUE* peut être considéré comme 5ᵐᵉ degré de l'echelle. (1)

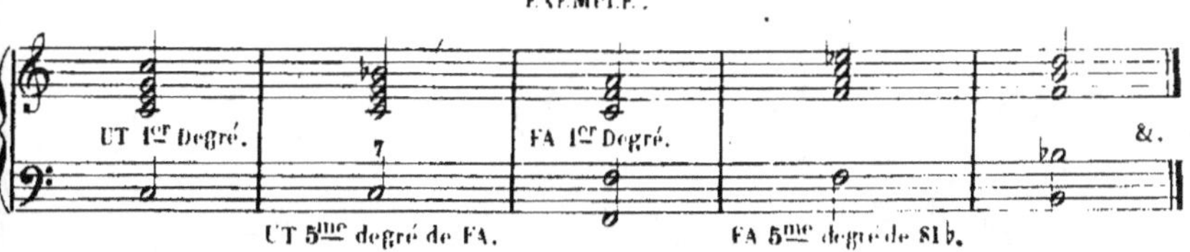

D'après cette règle on peut moduler dans tous les tons majeurs par l'accord
de 7ᵐᵉ dominante.

(1) Et aussi comme 3ᵐᵉ degré du ton relatif mineur et comme 4ᵐᵉ degré de la 4ᵗᵉ en dessous.

MODULATIONS

Commençant par *ut* majeur dans tous les tons, majeurs et mineurs par différens accords.

L'élève fera bien de transposer ces modulations, en partant de Sol à Ré && && et dans différens tons.

DE LA BASSE CONTINUE ET DE LA BASSE FONDAMENTALE

La Basse continue est celle qui est placée sous les accords ou sous une mélodie quelconque, cette basse règle l'harmonie, conserve le ton et dure toute la pièce.

La Basse fondamentale n'est formée que des sons fondamentaux de l'harmonie, cette basse mise sous chaque accord, fait entendre le vrai son fondamentale duquel cet accord dérive.

La basse fondamentale doit monter ou descendre de 3ce ou 6te et de 4te ou 5te, elle ne peut monter diatoniquement qu'au moyen de la dissonance qui forme liaison, ou par licence, sur un accord parfait, la descente diatonique est n'est pas permis.

HARMONIE DE LA GAMME MAJEURE.

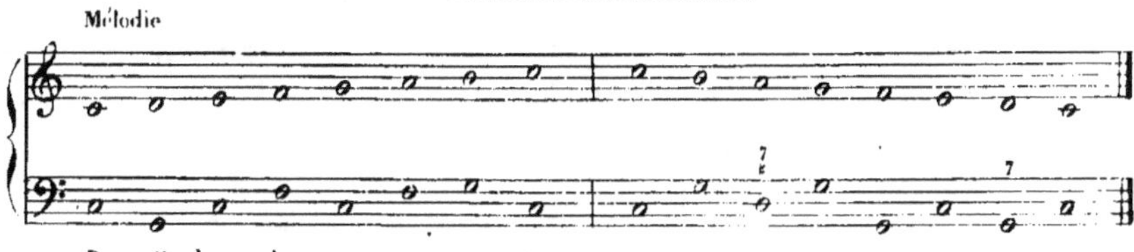

GAMME D'ACCORDS PARFAITS SUR LA BASSE FONDAMENTALE.

ou différemment, la gamme diatonique sur les accords.

* Le 5me degré *sol* en montant pouvant être considéré comme une note déri

vee de l'accord parfait de la tonique qui dans le renversement donne l'accord de 4te et 6te dont la note *sol* fait partie, est ici posé pour la Basse fondamentale accompagné d'accords parfaits, les auteurs qui ont écrit sur l'harmonie n'ont pas authentiquement décidé si l'accord parfait de *sol* comme dominante, ou l'accord de 4te et 6te doit être adopté. Au reste ce dernier vaut mieux dans le cas présent, en ce qu'on évite de faire un accord parfait de *sol* entre deux accords parfaits de *fa* ce qui serait très dur à l'oreille.

Il faut observer que la basse fondamentale montant diatoniquement du 6me au 7me degré, il se trouve deux quintes et deux octaves de suite. Ce qu'on peut éviter par la manière ci-après indiquée.

Cette faute n'a pas lieu quand la gamme est accompagnée par des accords consonnants et dissonnants sur la basse continue.

EXEMPLE.

Parties ajoutées à la basse continue chromatique avec dièses en montant.

Parties ajoutées à la basse continue chromatique avec bémols en descendant.

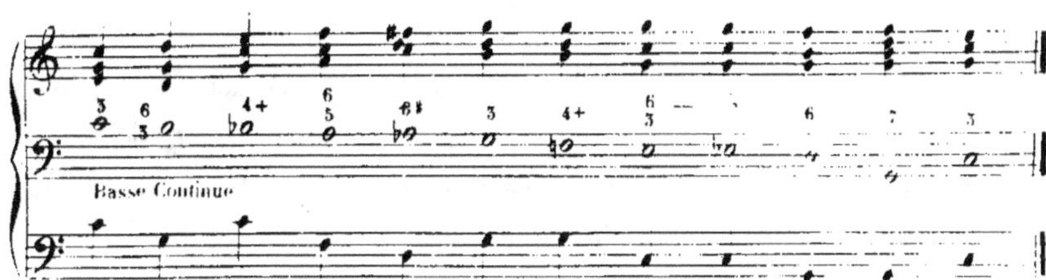

Gamme majeure en montant par accords, mouvement contraire et en descendant par mouvement semblable, mais par 6tes et 5^{ces} contre la basse.

Gamme mineure en descendant par sixtes et tierces.

DES ACCORDS CONSONNANTS ET DISSONNANTS.

Les Accords peuvent être consonnans ou dissonnans, les notes qui les composent, prennent le nom de consonnances ou dissonnances, d'après les intervalles qu'elles occupent sur les degrés de l'échelle.

Les notes ou intervalles consonnants sont, l'octave, la quinte ou la quarte (considéré comme renversement de la quinte) la tierce et la sixte.

L'octave, la quinte et la quarte ne varient point, et sont appelés consonnances parfaites, la tierce et la sixte au contraire comme note qui changent de modes s'appellent consonnances imparfaites.

Les intervalles dissonnans sont la 2de 4te 7me et 9me.

ACCORDS FONDAMENTAUX.

Le premier accord fondamental consonnant, est l'accord parfait, le second est l'accord de 7me mineure, mais il est accord fondamental dissonnant, on l'appelle aussi accord de la 7me dominante, les autres accords sont des renversemens ou des altérations et retardations des précédens, dont ils conservent la qualité consonnante ou dissonnante des accords d'ou ils sont dérivés. Les dissonnances doivent être préparées et résolues.

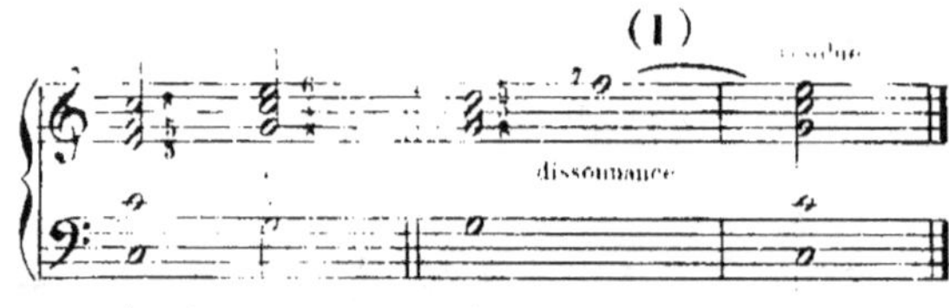

(1) Le FA dissonnant demande une résolution sur le MI.

L'accord de 7me n'exige point de préparation, mais il doit toujours avoir sa résolution.

(2) Dans ce cas, la Tierce majeure de la Dominante se trouvant note sensible, doit monter d'un demi-ton.

EXERCICES POUR APPRENDRE À ÉCRIRE
ET CHIFFRER LES ACCORDS.

Il faut premièrement écrire la basse et les chiffres qui sont placés sur chaque note, ensuite écrire les accords que ces chiffres représentent et vérifier d'après l'exemple (I) . N.B. Ces exercices sont progressifs.

(1) On peut changer de positions la 3.me étant la moins chantante. il ne faut pas y rester.

6.me
7.me
8.me
EN LA Min.
Andante.

DES NOTES PASSANTES OU INTERMÉDIAIRES
ET DE L'APPOGIATURA.

Les notes passantes ou intermediaires sont celles qui ne forment point partie d'un accord, ces notes sont ci dessous indiquées par une petite li_gne, placé sur ces notes.

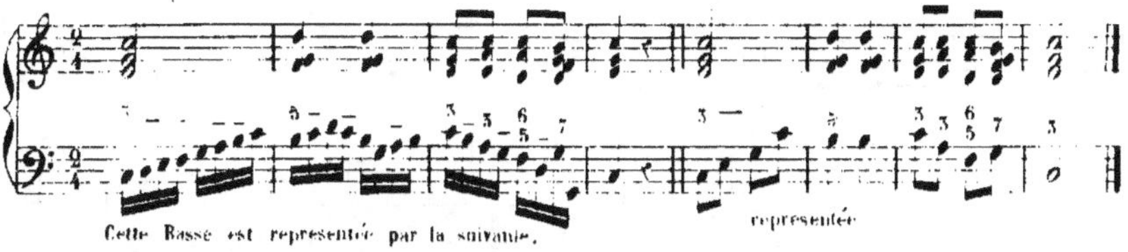

Cette Basse est representée par la suivante.

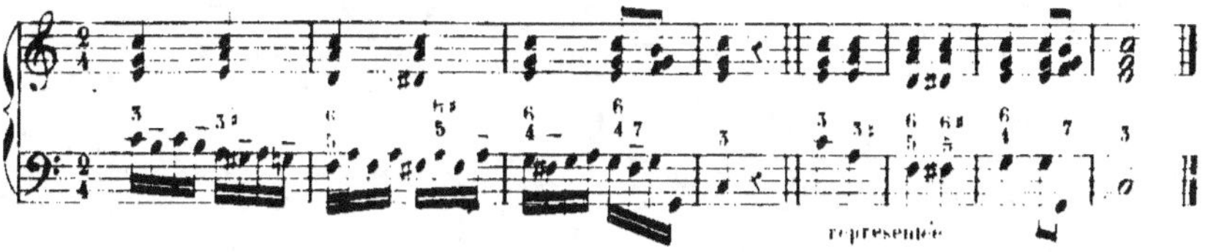

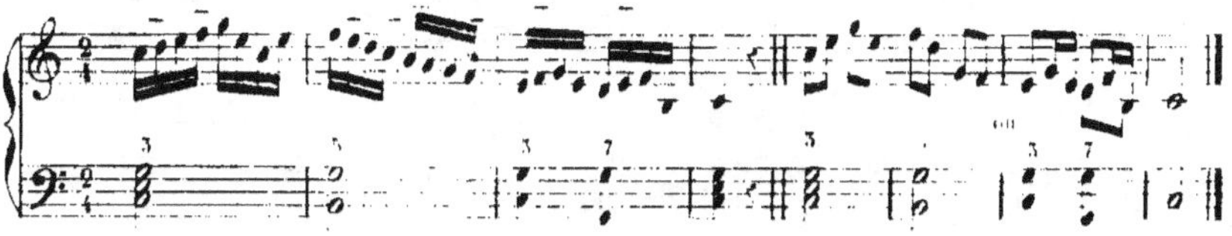

Mélodie. Representée. Mélodie.

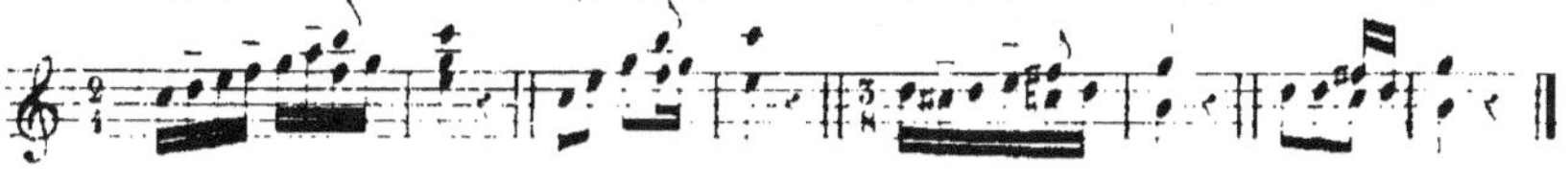

Basse. Représentée. Rep. Rep.

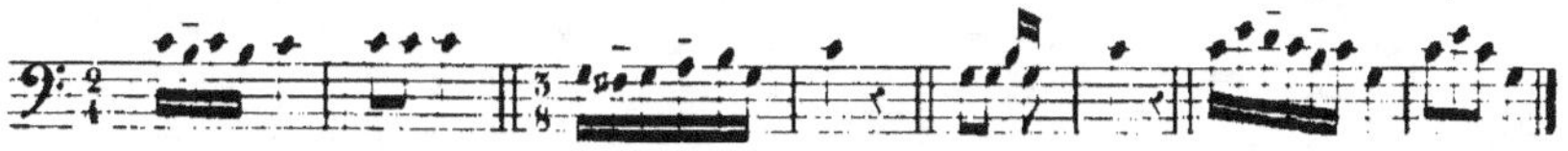

L'appogiatura est placé parmi les notes passantes quoique, l'appogiatu_ra, lent est presque toujours accentué.

Appogiatures. Représenté. Bref. Rep.

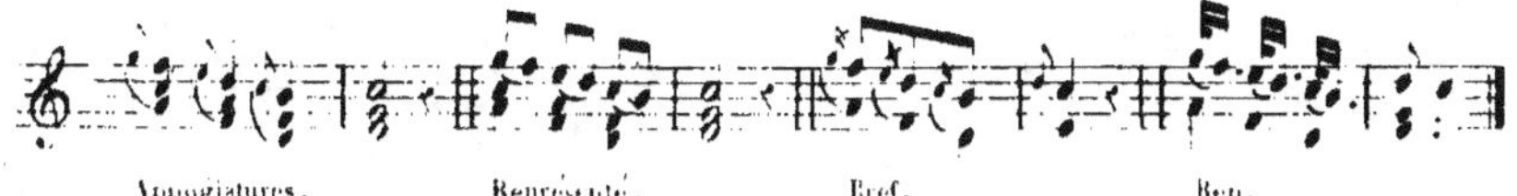

9.me
Appog
En LA Min.
Appog
10.me
En UT.
11.me
En SOL Maj.
12.me
Appog.
Autre en Sol Maj.
Appog.
13.me
Allegretto.

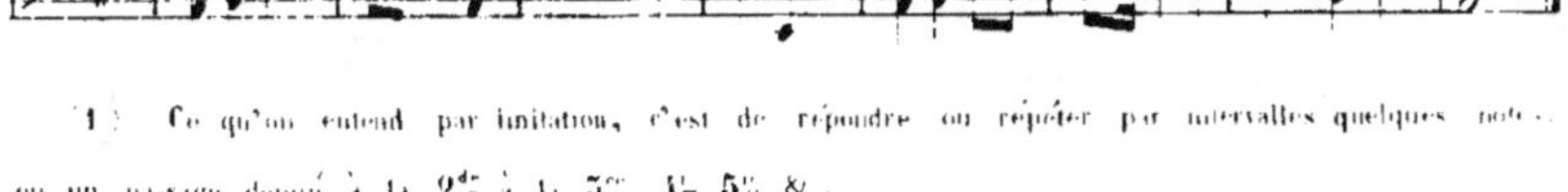

(1) Ce qu'on entend par imitation, c'est de répondre ou répéter par intervalles quelques notes ou un passage donné à la 2.de à la 3.ce 4.- 5.te &.

En LA Maj.
Arpeg.
18me
Con Spirito.
En FA # Min.
19me
Andante.
En Mi Maj.
20me
Risoluto.
En Mi Majeur.
21me
Andante con esp.

En Mi Min.
22me
Maestoso
En Si Maj.
Moderato.
25me

50.
24.me
Aut. en SI Maj.
En Si Min.
Appog.
Appog.
En FA# Maj.
25.me
En FA# Maj.
26.me
Un poco Alleg.tto

Maestoso.
27.me

En FA Min.
28.me
Maestoso
En Si♭ Maj.
29.me
Moderato.
En Si♭ Maj.
30.me
Maestoso

En Si♭ Min.
31.me
Con Esp.
En Mi♭ Maj.
32.me
Grazioso.
dolce

En UT Min.
33.me
Risoluto.
Andante.
34.me

55.me
Andante
p
En LA♭
Andante.
56.me
Legato
p
3
7
3
6
4+
6
4
6
6
6
4
3
7
3
6
4+
6
6+
6
4
5
4+
5
3
6+
3
4+
5
7
3
6
3
7
7
5
3
En LA♭ Min.
Con Espress.
57.me
Andante.
Legato.
p
3
3
7+
9
3
5
3
6+
3
7
3
3
7
9
3
5
3
7
6
7
7

En RÉ ♭ Maj.
38.me
Maestoso. f
En UT ♯ Maj.
39.me
Maestoso. f

EXEMPLE DE GAMMES EN RELATION
PAR TÉTRACORDES.

Observez que chaque Tétracorde est composé de deux tons et d'un de_mi-ton ce demi-ton se trouve toujours placé entre la 3me et 4me note en montant (avec dièses) et en descendant (avec bémols) il se trouve placé en_tre la 1re et 2de note.

EXEMPLE.

Le but de ce traité étant de ne donner qu'une précise mais simple connaissance de l'harmonie, l'É_lève qui désirerait approfondir l'étude de la composition musicale, pourra consulter les excellents ouvra_ges sur le Contrepoint et la composition publiés par Messieurs Cherubini, Fétis, Reicha, &.&.&.

SOL
D'UT à UT.
En ajoutant un # à chaque gamme,
RÉ
LA
MI
SI
FA#
UT#
FA
D'UT à UT.
En ôtant un # à chaque gamme,
SI
MI
LA
RÉ
SOL
UT
FA
D'UT à UT.
En ajoutant un ♭ à chaque gamme,
SI♭
MI♭
LA♭
RÉ♭
SOL♭
UT♭
SOL♭
D'UT à UT.
En ôtant un ♭: &
RÉ♭
LA♭
MI♭

SI
FA
UT
TONS MINEURS.
MI
De LA ♮ à UT ♯.
En ajoutant un ♯ &
SI
FA
UT ♯
En ôtant un ♯ &
RÉ
SOL
De LA ♮ à LA ♭.
UT
FA
SI ♭
MI ♭
LA ♭
MI ♭
De LA ♮ à LA ♭.
SI ♮
FA
UT
SOL
RÉ
LA

www.ingramcontent.com/pod-product-compliance
Lightning Source LLC
LaVergne TN
LVHW021810170726
843503LV00007B/3135